LE TRIOMPHE

DV SACRE ET

COVRONNEMENT
DV ROY.

A PARIS,

Par FLEVRY BOVRRIQVANT, au mont
sainct Hilaire, pres le puits Certain,
aux Fleurs Royales.

M. DCX.

Auec permißion de sa Majesté.

STANCES SVR LE SACRE· ET COVRONNEMENT DV ROY.

FRANCE, voicy le iour que noſtre ſage Prince
Reçoit le Sacrement qui luy eſt ordonné :
Voicy le iour heureux que de mainte Prouince
On accourt pour le voir dignement Couronné.

Bien-heureux qui verra la feſte ſolemnelle
De ce iour attendu, autant que deſiré :
Heureux qui rend ſes vœux & ſa gloire immortelle
Au Temple de la paix, où il eſt honoré.

Du Nectar diſtillé de l'Ampoule celeſte,
L'odeur va decoulant ſur ſa fidelité ;
L'eſprit qui a tramé ſa grandeur manifeſte,
Le comble des faueurs de ſa Diuinité.

Legitime heritier du Royal Diadeſme,
Riche preſent du Ciel (que ſon pere portoit)
Il repreſentera la puiſſance ſupreſme
De ce braue vainqueur, qui rien ne redoutoit.

Son Auguſte valeur, qui eſt enracinée

Dans son cœur de Cesar, tesmoignera toussiours
Le grand desir qu'il a de voir sa destinée
En sa pleine splendeur, pour asseurer nos iours.

Il vaincra par amour autant comme par force,
Imitant les effects du Prince redouté:
Son courage, où l'honneur & la vertu s'amorce,
Triomphera du prix deub à sa Majesté.

A l'aage paruenu d'embrasser la querelle
De Dieu, qui favorise à son ambition,
Il sera reputé de son peuple fidele
Vn autre Sainct Louys, & de faict & de nom.

Sa debonnaireté, sa douceur, sa clemence
Sera parangonnée à l'extresme bonté
De ce Roy si pieux, & si plein d'excellence,
Qu'il ne s'en trouue aucun qui ait tant merité.

Son nom, qui symbolise auec son nom illustre,
Portera son renom, & son tiltre d'honneur,
De sa vie exemplaire, où il prendra son lustre:
Par arrest du destin il tiendra son bon-heur.

Ainsi que Blanche fut du Monarque honorée,
La Royne le sera de ce tres-sage Roy:
Sa vertu, qui la rend sur toutes reuerée,
Le faict surgir contant au havre de la Foy.

Comme sage Princesse, & tres-digne Regente,
Sa Majesté le guide en son aage tendret;
Elle luy sert de Pere & de Mere prudente,
Qui des chemins prisez luy monstre le plus dret.

La generosité qui s'alume en son ame

Faict voir qu'il est yssu d'vn valeureux guerrier:
Ce n'est plus rien que feu, ce n'est plus rien que flame,
Tant il a le cœur prompt, & le courage fier.

Iuppiter luy ap'pen sa palme florissante,
Et le Myrthe voüé à son loz immortel:
L'immortelle Iunon, d'vne grace riante,
Et de Myrrhe & d'Encens parfume son Autel.

Mars qui veut honorer ses conquestes futures,
Luy sacrifie aussi ses lauriers enuiez:
Tous les Dieux qui ne sont ny menteurs, ny parjures,
De chanter ses honneurs ne sont point ennuiez.

Le fidel Guidebal des Nymphes du Parnasse
N'admire que ses faicts & ses perfections:
Non, il n'a point d'égal; c'est luy seul qui surpasse
Tous les Roys signalez des autres nations.

C'est ore nostre azil, & nostre cher refuge;
C'est nostre protecteur, & nostre defenseur:
Il nous garantira de l'auare deluge
De tous nos mal-veillans, par sa force & douceur.

Henry, le Grand Henry (dont il porte l'image)
Sera tousiours viuant en l'amour de ses yeux:
Il sera, comme luy, iuste, pieux & sage,
Aymé & respecté des hommes & des Dieux.

A l'ancre de l'espoir, nouueau Phœnix du monde,
Il nous comblera d'aize & de felicité:
Nostre repos, qui gist en son amour profonde,
Ne sera plus borné que de l'infinité.

Son Regne durera vne si longue espace,

Que la ſuitte des ans (comme ʋn beau ſiecle d'or)
Sera depeinte au ʋif, par la main qui luy trace
Vn heur plus floriſſant que la palme d'Hector.

Son Sceptre decoré des faueurs du genie
Qui le protegera & le rendra puiſſant,
Dominera ʋn iour l'infidele Arabie;
Il plantera ſes lys à ſon bord iauniſſant.

Il calmera l'orgueil des fiers Mahommetiques,
Les rebelles ſeront punis à la rigueur:
Il domptera l'erreur des eſprits fantaſtiques,
Qui ne font point d'eſtat de la Loy du Seigneur.

Hercules cedera à ſon iuſte entreprendre,
Achil à ſon bras fort, Pompée à ſa ʋaleur,
Ceſar à ſon trophée, & le grand Alexandre
(Ialoux de ſon merite) en mourra de douleur.

Il fera refleurir dedans la Paleſtine
L'alme Deuotion, ſœur de la Pieté;
Il mari'ra la Foy à l'image Diuine
De Solime la grande & fameuſe cité.

L'on ne parlera plus que de ſa renommée,
On ne chantera plus que ſes faicts glorieux:
Sa reputation ſera tant eſtimée,
Qu'il ſera le mignon de la terre & des Cieux.

AV ROY.

SONNET.

'Esprit Sainct qui soigna voftre enfance
au befceau
Vous prefente auiourd'huy le Sceptre &
la Couronne;
Ce trefor precieux qu'il vous offre & vous donne,
Tefmoigne qu'il ne peult rien donner de plus beau.

Voftre œil d'ambre ombragé du celefte rameau
Que la Diuinité prodigue vous ordonne,
Eft ore le Soleil qui deffus nous rayonne
Plus fort que le fatal & iournalier flambeau.

Nous fommes vos fubjects, vous eftes noftre Prince,
Vous reconnoiffant tel, la Françoife Prouince
Va dreffant des autels à l'honneur de vos lys.

Voftre Majefté Saincte, où gift noftre efperance,
Qui chantera fans fin vos beaux vœux accomplis,
Aura toufiours pouuoir fur noftre obeïffance.

A LA ROYNE.

STANCES.

BLANCHE de Sainct Louys, la Mere &
la Regente,
En eut vn pareil soin que vous auez du
Roy :
De le voir couronné elle fut fort contente,
Et vous de n'auoir plus pour tel sujet d'esmoy.

Mon Prince, oingt & sacré de l'huille distillée
Du celeste Alambicq de la Diuinité,
Rendra à tout iamais la France esmerueillée
Des vertus qu'il tiendra de vostre Majesté.

Vous estes de son Nort la guide salutaire,
Et le Phare qui luit en ses perfections ;
Vous estes le flambeau & le sainct luminaire
Qui le conduit au port de ses affections.

L'astre qui esclaira le iour de sa naissance,
Presagea le bon-heur qu'il nous apporteroit :
L'oracle veritable, en toute diligence,
En porta la nouuelle à qui la desiroit.

O ioyeuse nouuelle ! & digne d'estre ouïe
De tout ce qui respire en la terre & aux cieux :

Dieu

Dieu vous auoit esleuë, & sur toutes choisie,
Pour en faire present à vostre œil gracieux.

Illustre Parangon du Prince debonnaire
Dont il porte le nom, glorieux, immortel :
Il sera le modelle, & le sainct exemplaire
Des hommes qui n'ont rien en l'ame de mortel.

D'vn Pere genereux il tiendra la vaillance,
Il sera comme luy, aimé & redouté :
Sur l'aisle du renom son Auguste excellence
Volera iusqu'au bout du monde limité.

Il n'aura point d'esgal en grandeur de courage,
Les plus forts cederont aux forces de son bras :
En la fleur de ses ans (autant comme il est sage)
Il sera bon guerrier, & vray enfant de Mars.

Pompée, Achil, Hector, Hercules, Alexandre,
N'acquirent iamais tant de reputation
Que son cœur Martial, où la gloire s'engendre,
Pour marquer desormais la grandeur de son nom.

Il representera les vertus signalees
De nostre grand Henry, la merueille des Roys :
Ses graces qui ne sont de nul autre égalees,
Seront tousiours l'object des fidelles François.

Le bien-heureux destin, le sort & la fortune,
Qui rendent à l'enuy son sceptre florissant,
Le feront possesseur de tout ce que la Lune
Encerne quand elle est en son plus beau croissant.

Le Soleil qui se mire en sa riche couronne,

B

Le verra respecté de mainte Nation :
L'Aurore au teint vermeil , qui le beau iour nous
     donne,
N'admirera plus rien que sa perfection.

    La douceur qui preside en son ame immortelle,
Tiendra le premier rang , & le premier honneur :
L'esprit qui luy infuze vne grace si belle,
L'accompagne tousiours en son throsne d'honneur.

    De vostre sacré-sainct & Royal Hymenée
C'est l'excellent chef-d'œuure & l'ouurage parfaict :
Pour le porter neuf mois vous fustes destinée,
Par celuy qui crea le monde, & qui l'a faict.

    Qui void vostre beauté se mire en son image :
Ses yeux accomparez à vos astres iumeaux,
Et les traicts doux-charmeurs de son riant visage,
Sont les soleils d'amour, & les diuins flambeaux.

    Les Dieux aises de voir les fidelles Carites
Sacrifier au Temple où on luy faict des vœux,
De beaux chapeaux de fleurs, dignes de ses merites,
Luy font aussi hommage, & l'exaltent entr'eux.

    Sa graue Majesté, dont l'Inde est amoureuse,
Rauit tout ce qui luit en admiration :
La Perle, le Rubis, l'Agate precieuse,
Et le fin Diament , luy font oblation.

    Son extresme Bonté, sa Foy, sa Bien-vueillance
A la posterité promet vn siecle d'or :
Tous ceux-là qui viuront soubs son obeïssance

Feront comparaiſon au regne de Neſtor.
. Il ſera leur Samſon & leur fidel Alcide :
Comme nous iouiſſons d'vne agreable paix,
Il les fera iouyr, par le ſort qui le guide,
D'vne felicité qui ne mourra iamais.

R A N O V Y N.